기획의 말

그리운 마음일 때 'I Miss You'라고 하는 것은 '내게서 당신이 빠져 있기(miss) 때문에 나는 충분한 존재가 될 수 없다'는 뜻이라는 게 소설가 쓰시마 유코의 아름다운 해석이다. 현재의 세계에는 틀림없이 결여가 있어서 우리는 언제나 무언가를 그리워한다. 한때 우리를 벅차게 했으나 이제는 읽을 수 없게 된 옛날의 시집을 되살리는 작업 또한 그 그리움의 일이다. 어떤 시집이 빠져 있는 한, 우리의 시는 충분해질 수 없다.

더 나아가 옛 시집을 복간하는 일은 한국 시문학사의 역동성이 드러나는 장을 여는 일이 될 수도 있다. 하나의 새로운 예술작품이 창조될 때 일어나는 일은 과거에 있었던 모든 예술작품에도 동시에 일어난다는 것이 시인 엘리엇의 오래된 말이다. 과거가 이룩해놓은 질서는 현재의 성취에 영향받아 다시 배치된다는 것이다. 우리는 현재의 빛에 의지해 어떤 과거를 선택할 것인가. 그렇게 시사(詩史)는 되돌아보며 전진한다.

이 일들을 문학동네는 이미 한 적이 있다. 1996년 11월 황동규, 마종기, 강은교의 청년기 시집들을 복간하며 '포에지 2000' 시리즈가 시작됐다. "생이 덧없고 힘겨울 때 이따금 가슴으로 암송했던 시들, 이미 절판되어 오래된 명성으로만 만날 수 있었던 시들, 동시대를 대표하는 시인들의 젊은 날의 아름다운 연가(戀歌)가 여기 되살아납니다." 당시로서는 드물고 귀했던 그 일을 우리는 이제 다시 시작해보려 한다.

기획의 말

그리운 마음일 때 'I Miss You'라고 하는 것은 '내게서 당신이 빠져 있기(miss) 때문에 나는 충분한 존재가 될 수 없다'는 뜻이라는 게 소설가 쓰시마 유코의 아름다운 해석이다. 현재의 세계에는 틀림없이 결여가 있어서 우리는 언제나 무언가를 그리워한다. 한때 우리를 벅차게 했으나 이제는 읽을 수 없게 된 옛날의 시집을 되살리는 작업 또한 그 그리움의 일이다. 어떤 시집이 빠져 있는 한, 우리의 시는 충분해질 수 없다.

더 나아가 옛 시집을 복간하는 일은 한국 시문학사의 역동성이 드러나는 장을 여는 일이 될 수도 있다. 하나의 새로운 예술작품이 창조될 때 일어나는 일은 과거에 있었던 모든 예술작품에도 동시에 일어난다는 것이 시인 엘리엇의 오래된 말이다. 과거가 이룩해놓은 질서는 현재의 성취에 영향받아 다시 배치된다는 것이다. 우리는 현재의 빛에 의지해 어떤 과거를 선택할 것인가. 그렇게 시사(詩史)는 되돌아보며 전진한다.

이 일들을 문학동네는 이미 한 적이 있다. 1996년 11월 황동규, 마종기, 강은교의 첫 시집들을 복간하며 '포에지 2000' 시리즈가 시작됐다. "생이 덧없고 외로울 때 이따금 가슴으로 암송했던 시들, 이미 절판되어 오래된 명성으로만 만날 수 있었던 시들, 동시대를 대표하는 시인들의 젊은 날의 아름다운 연가(戀歌)가 여기 되살아납니다." 당시로서는 드물고 귀했던 그 일을 우리는 이제 다시 시작해보려 한다.

월요일은 슬프다

문학동네포에지 026

전남진 시집

월요일은
슬프다

시인의 말

볼품없는 모습으로,
그래서 가장 치열한 모습으로,
세상을 견뎌나가는 모든 가난한 사람들에게
이 부끄러운 시집이 성냥불 같은 온기라도 되기를……

2002년 봄
전남진

개정판 시인의 말

이틀 동안
출판사로부터 온 교정지 우편봉투를 뜯지 못했습니다.
내 젊은 날이 남긴 말을 만나기가 두려웠던 걸까요.
늘 날이 서 있고
늘 취해 있었던 스무 살
내 말에 내 살이 베이고
내 말에 사람들이 다치던
그때를 만나기가 두려웠던 걸까요.
초판 후 발표한 몇 편을 보태어
이젠 떠나보냅니다.
내가 가장 아팠던
내가 가장 두려웠던
내가 가장 아름다웠던 스무 살을 이제
떠나보냅니다
잘 가라, 나의 빛나는 스무 살.

2021년 6월
전남진

차례

시인의 말 5
개정판 시인의 말 7

1부 내가 부를 노래
내가 부를 노래 15
과일장수 원인호 16
눈물 젖은 테이프 17
어떤 장례 18
실업 20
연탄 22
뒤돌아보면 아프다 24
검은 흙 25
공명 26
지하의 걸인 28
빵가게를 지나면 30
구절리를 떠나며 32
치매 34
염 36
비둘기 37
복지만리 38
황사 40
갑자기 짚은 점자 41
손톱을 깎으며 42

나는 궁금하다 43

2부 퇴근길은 서점을 지난다

십오 분 전 47
가로수를 심는 노인 50
지나간 사실은 사실이 아니다 52
나방론 54
안에서 56
피아노 57
새벽, 골목길 58
비석 60
저울의 힘 62
아침에 떠나다 63
최후의 만찬 66
사북에서 68
과일을 피우는 팔 70
퇴근길은 서점을 지난다 72
얼굴을 잊은 친구를 위하여 74
숫자와 싸우다 76
그 사내 79
유언 80
사랑에게 보내는 부고 82
월요일은 슬프다 84

3부 꿈꾸는 쟁기

문상 가는 길 89
주택복권 90
산촌의 밤 92
가뭄 93
꿈꾸는 쟁기 94
안면도 96
겨울날의 동화 97
당신은 98
아버지의 끈 99
초등학교 운동장에서 100
마지막 집 101
쉬운 죽음 102
맏상주 104
늙지 않는 강아지 105
어린 시절 106
안개의 마을 108
부여 109
어린 시절 110
어린 시절 112
말의 무덤 113

4부 상처는 둥글게 아문다

이별 117
비포장길 118
이십대 마지막 아내 120
오래된 편지 121
우리가 그리워하는 122
상처는 둥글게 아문다 123
운주사 가는 길 124
꽃밭에서 125
선물 126
그 푸른 대문 앞 127
소나기 128
저녁이 오는 골목 130
드라마처럼 132
구부러진 못 133
되돌아가는 시간 134
길 135
뜨락 136
현수막 137
강 138

1부 내가 부를 노래

내가 부를 노래

가난으로 죽어가는 아이의 눈동자와
유월의 묘지에 내리는 햇살과
평생 장터만 돌아다니다
아버지와 함께 늙어버린 리어카와
고아원 마당 귀퉁이 민들레와
어깨를 기댄 구멍 뚫린 운동화들과
가난한 동네 늙은 의사의 낡은 청진기와
그 청진기로 들었을 작고 볼품없는 사연들과
눈 내린 아침
걸어가야 할 길을 빗질해둔 새벽의 충고와
눈 위에 뿌려진 연탄재 앞에서
내가 부를 노래는 무엇인가
내 노래 한 소절이
그 가슴 말 못할 쓸쓸함 위로
꽃 한 송이 피울 수 있을까
그 언 손들 잡아
차가움 한줌 들어내줄 수 있을까.

과일장수 원인호

얼마 전 읍 단위 시골에 사는 동생 친구로부터 전화가 왔다. 나보다 두 살 어린 그는 스무 살 즈음 다니던 대구의 프레스 공장에서 오른손 검지 하나를 절단기에 잘려, 악수를 할 때마다 뭉툭한 흉터가 내 손바닥을 지그시 눌러왔었는데, 처음엔 그것이 마음까지 눌러 아프더니, 어느 날부턴가 상처를 에워싼 거무스레한 굳은살의 뭉툭한 느낌을 뚫고 자라난 듯 보이지 않는 어떤 손가락이 내 속으로 들어오는 것처럼 느껴져 다정했다. 검지를 대신해 중지가 잡은 볼펜이 과일 이름이며 값을 쓱쓱 써내려갈 때, 여문 자리가 볼펜을 턱 받치고 있는 것이, 중지가 제 할 몫도 아닌 것을 덕분에 하게 되었다는 생각도 들었다. 명절, 파장 난 과일 공판장에서 고기 구워 술잔 돌리다 팔던 수박이며 참외를 손으로 짝짝 짜개 안주 삼을 때, 그 과일도 제 속으로 들어오는 어떤 손가락을 느끼는 것은 아닐까. 그런 술자리마저 몇 년간 하지 못하던 차에 회사로 전화를 걸어온 것인데. 어찌 사시느냐, 아직 그 회사 다니시느냐, 자식 늘어 살기 수월치 않을 텐데…… 그런저런 안부 끝에 한 안부가 붕대 푼 손 처음 잡아 악수하던 그날처럼 마음을 또 지그시 눌러왔는데. 형님, 남는 것도 없는 서울서 뭐 그리 아득바득 삽니까. 내 밀어줄 테니 내려와서 과일 장사나 하며 설렁설렁 삽시다. 그래 어찌 나도 네가 밀어주는 과일 리어카 끌며 스리슬쩍 살고 싶지 않을까. 인호야 우리 딱 한 번은 그렇게 살아보자. 그리고 죽어도 죽자.

눈물 젖은 테이프

강남 뒷골목
리어카 노인에게서 삼천원짜리 가요 테이프를 샀다
스물한 곡이 들어 있는 '장터 경음악 2'
표지엔 엘비스 프레슬리를 닮은 가수의 그림이
기타를 치며 노래를 부르다 정지되어 있다
그래도 노인은 정품 테이프만 판다며
깎을 마음이 없는 내게
깎아줄 수 없다고 말했다

〈울고 넘는 박달재〉
〈울긴 왜 울어〉
〈홍도야 울지 마라〉
〈목포의 눈물〉
〈백마야 울지 마라〉
〈나그네 설움〉
〈불효자는 웁니다〉
〈눈물 젖은 두만강〉

한 곡에 백사십이 원짜리 눈물을 정품으로 흘리며
리어카는 노인을 데리고 술집 붐비는 곳으로 간다
나이든 취객들을 울리러 간다.

어떤 장례

걸음 앞에서
비둘기는 보폭만큼씩 피해 날았다
불안한 거리의 식사
붉고 작은 눈알을 이리저리 굴리며
보도블록에 부리를 찍는다
내 눈에는 보이지 않는 먹이가
어디에 숨어 있는 것일까
부리에 찍혀 나오는 부서진 양식들

사람들의 걸음을 피하던 비둘기가
뛰어가는 아이를 피해 차도로 날아올랐다
순간 자동차가 비둘기를 퉁 튕겼다
날개 없는 비행
마지막 비행을 마친 비둘기 위로
자동차 바퀴가 지나갔다
너무 빠른 불행은
슬퍼할 시간도 주지 않겠다는 듯
비둘기를 몇 개의 흔적으로 해체시켰다
뒤따라오던 자동차들
바퀴에 비둘기를 묻히며 사라졌다
살을 거칠게 떼내며
비둘기는 빠르게 생략되었다
비둘기의 살점을 운구하는 자동차 소리만 윙윙거릴 뿐
사람들 잠깐 멈춰 선 거리에 조금 전 비둘기는 없다

얼마 전,
바람에 떨어진 물건을 줍던 노점상이 차에 치여 죽었다.

실업

어제도 그제도 집을 나서지 못했다
아니 그 이전부터, 점점 더 먼 과거부터
밖으로 나가는 길을 잃어버렸는지도 모른다
가끔 담배를 사거나 세수를 하러
방문을 무겁게 열었을 뿐
빨래를 건드리는 바람조차 무서웠다
죄책처럼 해가 뜨고 질책마저 뜸해졌다
그것조차 무서웠다
마음속에선 환청이 들리고
내가 사라진 그곳에는
아직도 변명처럼 사는 내가 있었다

쉽게 열리는 문, 나갈 수 없다
고스란히 갇힌 채
도망치듯 쓸려가는 시간을
누워서 바라본다
천장 벽지가 일그러진다
환전할 수 없는 막막함
시달릴수록 나는 고요해지고
그럴수록 가슴에 무기만 쌓인다

사람들이 돌아오는 저녁
빈 마음은
이제 집을 비운다

사람과 만나는 일이 그런 것처럼
침묵으로 나를 없애야 한다.

연탄

사람들이 산으로 오르면
연탄재의 행렬도 산을 오른다
리어카가 가지 못하는 곳
등 굽은 연탄 배달부의 지게도 산을 오르고
윗목의 한기 같은 사내들
연기 가득한 동네 헤엄치듯 산을 오른다

하현달로 뜬 아이들
입혀주어야 하는 우리의 연애였는데
연탄구멍처럼
숭숭 비어버린 가슴으로
겨울은 서둘러 오고
재가 되어 버려지는 세월에도 아이들은 자라
따뜻하게 재워주어야 하는 우리의 연애였는데
가난도 행복할 거란 우리의 사랑이었는데

새벽, 연탄 갈러 나간 아내의 뒷모습을 따라
빈속을 거쳐 온 담배 연기가 나간다
젊은 날 우리의 연애도 나간다

연탄 한 장만큼의 겨울을 밀어내고
어깨 위 떨어진 별빛을 털며 돌아와 아이들을 품는 아내는
타고 있는 연탄이다

타고 있는 우리의 사랑이다.

뒤돌아보면 아프다

출근길
지하도를 나오자 전단 한 장 쑥 들어온다
무심결에 피해 가다
뒤를 당기는 것 같아 돌아보니
허리 굽은 할머니
사람들에게 전단을 내밀고 있다
장애물 피하듯 비켜 가는 사람들을
할머니 축 처진 몸뻬 바지가 바라본다
보도블록 위로 발자국 찍힌 전단
버려진 아이처럼 할머니를 보다가
바람에 떠밀려 팔락팔락 구석에 박힌다

눈에 물기가 많으면
같은 바람도 더 차가운 법이다
후회가 많으면
추억도 아픈 법이다

전단 한 장 받아줄 마음 한 장 없이
나는 살았구나
가난보다 가난하게
나는 살았구나
뒤돌아서서야 눈물나는 나는
뒤돌아서서야 서러운 나는.

검은 흙

3호선에서 2호선으로
2호선에서 3호선으로
갈아탈 전철을 향해 흘러가는 사람들 속에
자갈처럼 물살을 가르며 늙은 여인이 앉아 있다
검은 흙 묻은 더덕을
신문지 위에 올려놓고 있다
지하 통로를 물들이는 더덕 내음
허리가 끊어진 더덕 한 뿌리
하얀 살을 들킨 더덕 한 뿌리
저 눈부신 속살을 키워냈을 검은 흙
물기를 잃고 더덕에서 떨어진다

빗지 않은 머리카락
검은 흙이 모두 떨어져나간 머리카락
기른 것을 모두 떠나보낸 머리카락
그래, 사랑은
저렇게 다 버려야 보이는 속살 같은 것
은 아닐까, 늙어가는 일은 그래서 상처를 들키며 가는 길
은 아닐까, 아무도 사지 않는 더덕
언젠가 닿을 마지막 밥상을 위해
남은 세월을 떨구며 앉아 있는 여인은
더는 속을 숨기지 못하는
상처 난 더덕은 아닐까, 그런 것은 아닐까.

공명

앞집 싸우는 소리
나무 없는 공터를 지나 닫힌 창을 간신히 넘어왔는데
아내는 벌써 귀기울이고 있다
유리, 사기, 철제 그릇과 가전, 가구, 알 수 없는 것들까지 깨지는 소리
아내가 집을 이리저리 둘러본다
지독한 싸움에도 결코 깨지지 않을 거라고 믿는 집은
아내에겐 커다란 그릇이다
싸우던 남자가 나가버린 듯 여자의 울음만 남았다
아내는 소리 나지 않게 창을 연다
서성대던 울음소리가 창으로 불쑥 들어온다
팔짱을 낀 아내의 침묵이 움직이지 않는다
나는 TV를 끄고 집을 나와 담배를 피우며 아파트 단지를 배회한다
흔들리는 담배연기 사이로
집으로 돌아오는 남자들이 보인다
남자들은 하루종일 기다린 여자와 아이들의 뺨을 맞출 것이다
그러나 돌아올 수 없는 사람들
집으로 회귀하지 못하는 사람들
더러는 지하도 깊숙이 밀려오는 추위를 신문에 돌돌 말고
그대로 누에고치가 되기도 하는 사람들을 보며
와이셔츠를 다리던 아내의 손등이 가볍게 떨렸다

아내를 흔들고 집을 흔들기 시작한 진동은
비슷한 크기로 아파트 사람들을 흔들고 온 진동,
나무는 바람이 진동이고, 그림자는 배회하는 시간이
진동이다
지금쯤 아내는 공명된 집의 진동을
조심스레 닦아내고 있을 것이다
내 진동도 울림을 조금씩 조금씩 밟으며
집에서 멀어졌다 다시 집으로 돌아갈 것이다.

지하의 걸인

죽음이 엎드린 길에선
무엇도 제 모습을 가지지 못한다
그가 세상에게 속삭이기 전에는
아무도 그에게 속삭일 수 없다
그가 걸친 연민의 육신도
그의 몸이 되어버린 먼지 자욱한 외투도
차가운 동전이 주는 소리만 기억할 뿐
그가 깔고 누운 신문처럼
세상은 그에게 활자화되지 않는다

그에게도 버리지 못한 환전의 기억이 남아 있을까
차갑게 얼어버린 세상의 지표면
그 아래로 내려가
그 어떤 눈빛도 두렵지 않은 듯
웅크려 꼼짝하지 않는다
어떤 미덕도 그를 데워주지 못하고
지나는 구두 소리만 그의 살갗을 스칠 뿐인데

아직도 그를 유혹할 것이 남아 있을까
거세당한 욕망의 끝에서 손을 내밀며
슬롯머신 손잡이를 당겨
세상을 향한 마지막 출구를 열 듯
마른기침을 뱉으며
언제 어디서 불쑥

우리 앞에 손을 내밀며 나타날지 모른다

그 손 위로 동전을 던지든 말든
그는 우리를 기억하지 않는다
다만 우리 속에 그가 잠시 살다 갈 뿐
그가 세상에 속삭이기 전에는
동전 몇 닢으로 그에게 속삭일 수 없다.

빵가게를 지나면

그 가게엔 빵이 있습니다 새벽에 구워진 빵입니다
빵은 유리 진열대에 가지런히 놓여 있습니다
점원이 방금 구워진 빵을 가져다놓습니다 빵도
싱싱한 순간이 있습니다

이른 아침 빵가게를 지나면
미시령에 내린 눈처럼
하얀 숨을 내쉬며 천천히 눈길을 달리는 자동차처럼
바쁠 것도 서두를 것도 없는 세상으로 가고 싶습니다

빵가게 앞을 지나면
진열장 빵 옆에 쪼그리고 앉아
지나가는 사람들을 물끄러미 바라보다가
꾸벅꾸벅 졸아보고도 싶습니다

태양 가득한 밀밭의 한때
하얗게 몸을 부수면 모두 그만그만한 사연들을
빵가게 남자가 반죽합니다
같은 몸짓으로 흔들렸다는 이유로
작은 물기에도 서로를 붙들며 말랑하게 덩어리집니다

밀밭에 바람이 일면
밀은 바람의 모양대로 일렁입니다
나는 오늘도 분주히 밀밭을 걸어다닙니다

그래봐야 반죽 속이라는 것을 알면서 말입니다.

구절리를 떠나며

되돌아올 힘을 얻기 위해
마지막 역을 향해 가던 기차
끝을 알고도 달려가던 그 무모한 바퀴들

바람이
빈집 베니어 문짝을 흔들며 놀고
깨진 유리창으로 허리를 잘리며 들어오는 눈
켜지지 않는 백열등에
기름 엉킨 먼지가 번들거리고
어쩌다 지붕에 뿌리를 내린 구절초
버려질수록 빨리 낡아가는 것들에게도
위로처럼 봄은 오고
그렇게 기적처럼 견뎌지는 외로움
난 한때 이 외로움들에게 추방되어
도시로 되돌아오곤 했다

술병 깨지는 소리, 취한 노랫소리가
네온 불빛과 사람들을 데리고
미라처럼 말라가는 구절리를 찾아왔다
폐광은 잔디로 매장되고
먼지를 내던 길은 아스팔트에 묻혔다
생의 마지막 집들은 관광지가 되었다

누구는 여기까지 와서 태어나고

누구는 여기까지 와서 사랑을 하고
누구는 여기까지 와서 세상을 떠났지만

가슴에 날아와 박히던 매운 탄가루처럼
막장을 향해 떠나던 사람들의 뒷모습처럼
내 마음 한 귀퉁이 텅텅 비우던 마을
구절리는 구절리를 떠났다.

치매

—벽에 부딪힌 차가 튕겨나와 다시 달린다. 아이의 눈동자가 차를 따라다닌다. 거실장에 부딪히고 문턱에 부딪히고 소파에 부딪히고 누운 나의 머리에 부딪혀 되돌아간다

초인종이 울린다. 새벽, 찾아올 이 없는 초인종이 울린다. 문을 열자 처음 보는 할머니 우리집 아니네 중얼거리며 계단을 내려가고, 깨버린 잠을 청하다 설익은 아침 뉴스를 본다. 저층 아파트 복도 그 할머니 경상도 사투리 동굴처럼 웅웅 돌아다닌다.

—아이가 장난감을 집어들자 허공에 뜬 바퀴 맹렬하게 헛돌아간다. 아이가 바퀴를 손가락으로 잡자 따라나오던 음악과 함께 바퀴가 멈춘다

설핏 든 잠을 다시 흔드는 초인종. 잠에 취한 옆집 여자 누구시냐 자꾸 묻고, 나는 집에 모셔다드릴 테니 몇 동 몇 호냐 자꾸 묻고, 대꾸 없이 어야, 어야, 누군가 부르는 소리 복도에 던져대며 할머니 다시 계단을 내려가고, 저 할머니 처음이 아닌데 이번엔 새벽이라며 아내는 눈을 비비고

—다시 바닥에 내려놓자 차는 아이의 발에 부딪혀 다시 부딪힐 곳으로 막무가내 굴러간다. 바퀴와 음악이 짝

을 맞춰 똑같은 곳에 똑같은 모양으로 부딪히려 돌아다니고 아이도 차를 따라다닌다

건전지 다 닳을 때까지 이 집 저 집 부딪히며 다닐 그 할머니.

염

—탑골공원에서

노인은 천천히 고개를 들었다

하늘을 받치느라 머리가 하얗게 물들었다

산맥처럼 뻗어내린 주름 사이로

시월의 바람이 분다

다문 입술은 타버린 산처럼 고요한데

나 여태 어디를 돌아 여기에 멈췄을까

왜 사람들은 길의 끝에서만 바람과 구름을 보게 되는 걸까

벗어놓은 신발처럼 하얗게 떠날 수 있다면

언젠가 저렇게 가지런히 정리될 수 있다면.

비둘기

시간과 시간 사이를 지나
열차와 열차 사이를 지나
역장이 손님 맞는 그런 역에
바쁜 걸음 피해 비켜 앉은

시간이 지나면
슬픔까지 묽어지는
그만그만한 사람들을 싣고

역에서
다음 역으로 피해 달아나는
완행 비둘기.

복지만리

—김영수 작사/이재호 작곡

좀 오래된 노래입니다만, 혹시
〈복지만리〉란 가요를 아십니까

달 실은 마차가 해 실은 마차가 천대콩 벌판 위에 헤이~
휘파람을 불며 불며

퇴근길이었습니다. 객차와 객차 사이로
칙— 치이직 잡념의 귀퉁이를 긁으며
금성 라디오나 오래된 전축 낡은 스피커에서 나옴직한 노래가
덜커덩 넘어오고 있었습니다
모두가 그랬을 겁니다만 딴 곳을 보는 척하면서
다들 노인의 노래를 듣고 있었습니다
더러는 속으로 따라 부르며 저마다의 마차를 달리고 있었는지도 모릅니다
낡은 마차 바퀴에 간신히 매달린 노랫말이
조금만 소란스러워도 떨어져버릴지 모른다고
모두들 숨을 죽였습니다. 노래만 주파수 틀린 라디오처럼 들리고 있었습니다

저 언덕을 넘어서면
새 세상의 문이 있다

시력 잃은 지팡이가

노래와 세상이 왜 이리 다르냐고 바닥을 탁탁 치며 갑니다 가수를 꿈꾼 청춘과 슬픔마저 빠져나가버린 듯한 눈동자엔 동전만 몇 개 남았습니다. 때묻은 바구니엔 노래만 수북이 담겼습니다

황색 기층 대륙 길에
어서 가자 방울 소리 울리며

그를 태운 마차는 스피커 뒤편에서 듣는 노래처럼
낮게 낮게 지하철 통로를 지나 사람들이 터주는 마음 위를 달려갑니다
노래가 가는 세상. 그날 전철 안에서 우리가 함께 마차를 탔던 것처럼
힘겹게 넘어가는 쉬어터진 복지만리가
그가 선택한 마지막 무대 순환선 전철을 타고
일 절부터 삼 절까지 달려가고 있었습니다.

황사

봄보다 먼저 온다
바다를 건너기 위해 몸을 다 버린 모래가
사람들의 아침을 점령한다
길 잃은 노인처럼
지친 눈빛으로 거리를 두리번거리며
지하도 찬 바닥에 곤두박질치다가
기름진 대지에 섞여
다시는 날려가지 않겠다는 듯
있는 힘껏 착지하다가

아파트 담벼락에
주차된 차 지붕 위에
빌딩 유리창 틈새에
사람들의 눈동자에
아홉시 뉴스에
모래 가득 채우며
갈빗집에서 어색한 말투로 주문을 받다가
시화공단 기계 앞에서 깜빡 졸다가
공사판 막노동꾼 벽돌 나르다
고기잡이배 냉동고나
화물차 컨테이너 박스에 성냥개비처럼 실려와
대륙으로 사금이 되어 돌아가려던 꿈이
밀입국자 수용소 녹슨 창살 아래
풀썩풀썩 주저앉는다.

갑자기 짚은 점자

무심코 계단 난간에 붙은 점자를 건드렸다
끼어서는 안 될 대화를 엿들은 사람처럼
모르는 여자의 가슴에 손이 스친 것처럼
차가운 금속 요철이 손에 닿았다
얼떨결에 나는 나의 전생을 생각했다
나를 짚고 갔을 지문들
나는 그들에게 어떤 문자였을까
혹은, 나는 무엇을 짚고 이생으로 건너왔을까
전생의 무덤 같은 점자들을 스치면
이토록 불규칙한 저항이 우리의 언어였다니
그 거친 언어에 대해
비밀스런 속삭임에 대해
내가 모르는 약속에 대해
나도 모르는 나는 세상에 어떤 점자일까
잊히지 않는 것들이나 원망해야 할 추억들
나와 만났던 그렇고 그런 사람들의 이름과
아무도 들어주지 않는 변명들을 눌러 새기며
자꾸만 늘어가는 내 질책의 무덤들은
어느 먼 다음 생에
누가 스치며 읽고 갈 점자일까.

손톱을 깎으며

자고 있는 딸아이의 손톱을 깎는다
손톱엔 까만 때가 끼었다
때 속엔 아이가 놀았던 기억이 모여 있다
아이와 놀다 집으로 돌아가지 못한 것들
오돌오돌 잠들어 있다
함께 놀던 흙과 나무와 꽃과 돌과 모래의 기억이
손톱 속에 남아 까맣게 까맣게 익어가고 있다
깨지 않게 조용히 손톱을 끊는다
똑, 똑, 세월이 흘러 어느 날
먼먼 그날이 오늘을 잊듯
손톱이 아이를 떠난다
지금 아이에겐 모든 우주일 까만 때도
손톱을 따라 아이를 떠난다
못된 애비처럼
못된 애비처럼
아이의 우주를 끊어낸다
어느 날 내가 아이에게서 끊어질
그날처럼, 꼭 그런 슬픈 날처럼
손톱이 툭, 툭, 아이를 떠나고 있다.

나는 궁금하다

아크릴 상자 칸칸 애벌레처럼 채워진 넥타이를 하루종일 만지작거리는 아주머니가 하루에 몇 개를 파는지. 안흥찐빵 수레를 덜덜 밀고 출근길 찾아다니는 어머니 나이쯤 아주머니의 찐빵을 가족들이 저녁 대신 먹는 것은 아닌지. 옷에 묻은 얼룩 지우는 약 파는 전철 아저씨 하루종일 묻은 때도 그 약으로 지워지는지. 자리싸움 밀려 아파트 뒷길로 등불 내다 건 구이 아저씨의 꼬치가 식기 전에 팔리는지. 둥글게 떼어낸 호떡 반죽을 꾹꾹 누르는 기름종이 같은 손이 겨울날 장갑 없이도 왜 트지 않는지. 뒤집히고 구르고 또 뒤집히며 사각 상자 안에서 몸부림치는 장난감 자동차를 물끄러미 쳐다보는 아저씨가 자기 삶이 저렇다고 생각하고 있지는 않은지.

넥타이와 찐빵이 나비가 되어 훨훨 날아오를 듯한 빈 지갑 같은 오후가 어제도, 오늘도…… 왜 한 번도 바뀌는 일이 없는지. 장사를 마치고 떠난 빈자리로 날아드는 도시의 희미한 별들이 내일 팔릴 장난감이고 호떡이고 얼룩 지우는 약은 아닌지.

2부 퇴근길은 서점을 지난다

십오 분 전
—아이와 나

십오 분 전 아이는 미끄럼틀 장난감 위로 기어오르기 시작했다
십사 분 전 아이는 미끄럼틀 위에서 미끄러져 내려왔다
십삼 분 전 아이는 울며 내게 매달렸다
십이 분 전 아이는 내 팔에 안겨 놀았다
십일 분 전 아이는 앉아서 TV 연속극을 보았다
십 분 전 아이는 상자에 든 딱지를 꺼내기 시작했다
구 분 전 아이는 딱지를 모두 꺼냈다
팔 분 전 아이는 다른 장난감을 찾으러 거실 저편으로 기어갔다
칠 분 전 아이는 파란 봉제 강아지를 잡고 웃었다
육 분 전 아이는 파란 봉제 강아지를 입으로 먹기 시작했다
오 분 전 아이는 파란 봉제 강아지를 버리고 오뚜기를 잡으러 기어갔다
사 분 전 아이는 오뚜기를 내팽개쳤다
삼 분 전 아이는 누워 손가락을 빨기 시작했다
이 분 전 아이는 젖병을 잡고 분유를 빨아먹기 시작했다
일 분 전 아이는 젖병을 던지고 눈을 감고 다시 손가락을 빨기 시작했다
방금 아이는 엄마와 함께 침대로 갔다

거실에 남아 남은 뉴스를 본다
지금부터 십오 분 후, 아이가 깨지 않는다면 나는 이렇

게 쓸 것이다
십오 분 전 아이는 엄지손가락을 물고 잠들었다
십사 분 전 아이는 잠든 지 일 분이 지났다
십삼 분 전 아이는 잠든 지 이 분이 지났다
십이 분 전 아이는 잠든 지 삼 분이 지났다
……

방금 아이는 잠든 지 십오 분이 지났다. 엄지손가락이 입에서 풀려났다

창밖엔 차 소리, 밤길 떠나는 꽃잎 소리, 첫봄 아이 코 고는 소리

아이가 잠에서 깰 때까지, 나도 잠들어 있거나 회사에 있거나 술을 마시거나 싸우거나 화내거나 서류를 만들거나 전철을 타거나 버스를 타거나 택시를 세우거나 길에서 있거나 서점에 가거나 책을 사거나 웃거나 화장실에 가거나 커피를 마시거나 점심을 먹거나 넥타이를 매거나 라면을 끓이거나 식은 국물에 밥을 말거나 책을 보거나 비디오를 보거나 취해 울거나 음악을 듣거나 아내를 더듬거나 딴 여자를 생각하거나 죽음을 두려워하거나 월급을 생각하거나 하는 그 모든 사이사이에 아이가 보고 싶었다 그리고,

십오 분 전보다 아이는 십오 분 더 자랐다

십사 분 전보다 아이는 십사 분 더 자랐다
십삼 분 전보다 아이는 십삼 분 더 자랐다
……
방금 아이가 십오 분 전으로 되돌아갔다.

가로수를 심는 노인

뿌리를 싸고 있는 비닐을 뜯어내고
노인은 나무를 구덩이에 넣는다

이제 이곳이 너의 숲이다

삽과 발로 땅을 꾹꾹 다지자
뿌리가 움켜쥐고 있던 흙이 뿌리와 함께 매장된다
노인이 호스를 끌어와 물을 뿌린다
뿌리에 묻어온 흙이 구덩이 흙과 뒤섞인다

저항하지 않는 것은
어차피 돌아갈 수 없다는 것을 알기 때문이다
아름다운 저항을 위해 부동의 자세로 투항하는 것일 뿐
내가 섰던 자리를 잊어버린 것이 아니다

빌딩을 나와 퇴근하는 사람들
방금 심어진 나무를 지나 전철역으로 사라진다

어쩌다 한번쯤
떠나온 숲을 떠올리기도 하겠지만
나무는 이제 이 지독한 무관심을 견뎌야 한다

일을 끝낸 노인이 삽과 호스를 챙겨 돌아가고
물을 모두 빨아먹은 흙 위로

일찍 가지를 떠난 잎 하나 떨어진다

여기는 나의 무덤
나는 이제 돌아가지 못한다.

지나간 사실은 사실이 아니다

비둘기가 꼬리날개를 부채처럼 펴고 공중에 멈추고 있을 때, 난 그 곁을 지나 지하철을 타러 갔다. 언젠가는 땅에 앉겠지만 비둘기는 지금 공중에 떠 있다. 공중에 정지하기 위해 양날개를 젓고 있을 때, 2001년 4월 한국의 공식 실업자 수는 260만 명이었다. 매일 그 할머니 먹다 남은 밥알을 말려 새들에게 던지고 있을 때, 나는 그 곁을 지나 회사로 출근했다. 어느 날 저 할머니 말린 밥알 다시는 던지지 못하겠지만 지금 새들은 열심히 부리를 흔들고 있다. 새의 부리에 밥알이 꽂힐 때 일본 역사 교과서는 수정됐다. 역사가 수정되는 순간 증언자들도 수정됐다. 과거는 그렇게 합법적으로 수정됐다. 그렇기 때문에 미래도 수정되어야 한다는 기사를 읽는다. 회사 화장실에 앉아 조간신문을 펼칠 때, 주일 대사가 본국으로 소환되었다. 간혹 미래를 위해 과거가 소환되기도 하지만 이것은 이례적인 경우라고 신문이 말했다. 약국에서 산 하얀 현탄액을 쭉 짜서 마시고 몇 시간 편안한 속을 얻을 때, 한국을 떠나는 이민자가 계속 늘어났다. 길옆 횟집 수족관에 불이 환하게 켜지고 고기들 천천히 물속을 돌아다닐 때, 나는 그 앞을 지나 퇴근했다. 고기와 나, 서로를 힐끗 본 것 같다. 물고기가 물속에서 천천히 유영할 때, 서울은 너무 자주 오존주의보를 날렸다. 내가 태어나던 그즈음 맥타가트*는 소형 보트를 타고 태평양 무루로아 환초를 달리고 있었다. 지금도 그린피스의 보트가 골리앗을 향해 파도를 넘을 때, 그 할머니 얼마 전부터 보이지 않는다. 하지만 비둘기들 매일 그 자리로 날아와 그 할머니를 열심히 과거로 보내고 있다.

* 그린피스 창시자.

나방론

꽃에서 꿀을 따는 방법을 모르고 태어났다. 그래서
꽃은 꽃으로만 있었다. 나비처럼
매끈한 날개를 가지지 못해
날 적마다 살점이 가루가 되어 떨어져나갔다

망막을 녹여버릴 듯 태양 아래 시신처럼 엎드려
낮이면 빛이 새어들지 못하는 습한 곳에 숨어
밤이면 그리도 그리운 빛을 찾아
우아하지 못한 날개로 날아들었다
아, 뜨거운 생명의 빛.
미칠 듯한 열정은 빛의 중앙을 향해 날아갔다
가도 가도 닿을 수 없는 죽음보다 잔인한 빛은
언제나 변두리에서 우릴 유혹했다

나비가 되지 못한 우리는 이미,
나비가 되기 위해 태어난 것이 아니다
나비로 해서 아름답지 못한 우리는 이미,
아름답게 태어난 것이 아니다
나비로 해서 나방인 우리는 이미,
나방으로 태어난 것이다
나방인 우리는 나비로 해서
나방이 아니다

생명을 생명답게 다스리지 못한 날개는

은가루가 되어 날아간다
빛을 향한 비상마저 흩어질 때까지.

안에서

빌딩 안에서 비 내리는 빌딩 바깥을 보고 있으면
저기엔 비 내리는데 비 맞지 않고 이편에 앉아 있으면
어떤 것이 이 공간을 둘러싸고 있다는 생각이 들어
불현듯 나는 공간에 갇힌 짐승 같다는 생각이 들어
아주 오래전 슬픈 일처럼 내리는 저 비는
얼마나 많은 추억을 서랍에서 꺼내놓을까
되돌려진 기억을 씹으며 걸어가야 하리
조롱받듯 저주받듯 비 맞아야 하리
남은 시간을 밟으며 지난 시간을 후회해야 하리
저 거리는 나를 풀어주지 않고 두고두고 걸어가도록 할 것이니
어느 날 나는 거대한 침묵에 휩싸인 깊은 어둠을 만나
죄인처럼 단 한 번 뒤돌아보아야 하리
비 내리는 그곳, 지워지는 발자국을 형벌처럼 바라보아야 하리.

피아노

피아노가 한 대 있습니다
가장자리의 칠이 조금은 벗겨지고 닦여진 광택 사이로
실금 쓸려간
중고 피아노입니다
당신은 피아노를 칠 수 있습니까
피아노가 물었습니다

초등학교 시절, 반에 한두 명 피아노를 배우는 아이들
흰건반을 닮은 그 아이의 손가락
나는 피아노를 치지 못합니다
한 여자가 체르니까지 배웠습니다
나는 체르니까지와 결혼했습니다

피아노 앞에 한 사람이 있습니다
건반을 누르며 덮개를 열었다 닫았다 합니다
그의 아내로 보이는 여자가 그를 재촉합니다
몇 마디 중얼거리며 그는 여자를 따라갑니다.

새벽, 골목길

달빛이 창 앞에 쪼그려 한참을 울다가
소리 없이 나가버리고
시간을 만지작거리다 커튼을 여는 새벽
집을 잃은 아이처럼 흘깃 눈치를 보며
반투명 비닐에 덮이는 길. 빛도 색도 아닌
공회전 같은 나날이었다고 자수하듯

삐라처럼 떨어지는 비둘기

콘트라베이스로 쿡쿡 헛기침을 하며
밤새 말라붙은 구토 덩어리를 쪼아먹는다
함부로 버리지 마라, 네 절망은 아직 소화조차 되지 않았다
구구구, 질책하며

비포장의 추억
살아온 날은 항상 불규칙한 것이었다고
벌컥벌컥 몸을 일으키는 보도블록을 밟으며
오토바이가 신문을 싣고 지나간다
푸른 새벽이 따라간다

어둠을 새치기하는 빛
버리는 순간 생은 눈부신 빛이었다고
일기에 기록된 외로운 지침처럼 낮게 살아왔다고

창을 열자 몸을 떨며 추억들이 들어온다

천천히 낡아가는 앨범처럼
오래 입은 외투처럼
대사를 멈춘 배우처럼
길이 골목을 돌아나가고 있다.

비석

지름길로 사용되는 아파트 뒷길, 전쟁처럼
버려져 있다. 죽은 쥐 버려져 있다
약을 먹은 듯 외상은 보이지 않는다
검푸른 멍 찢겨진 핏자국은 없어도
썩음으로 네 혐오를 공격할 테다, 각오한 듯
이빨을 드러낸 채 버려져 있다

던져진 대로 착지한 죽음, 잡지에서 본 러시아 국립병원
동사한 알코올 마약 중독자 포개진 나체의 시신처럼
무. 심. 코. 서로를 겨누고 있는지 몰라
아프다고 말하지 않지만 분명 상처 하나쯤은 가지고
살면서

흰 마스크를 쓴 청소부가 건너편 길을 매일 쓸고 갔지만
-차도-인도-인도위청소부-담-외진길-외진길위죽은
쥐-
쥐는 풍장되었다

한 달이 지나자
거실에 깔린 호피처럼 납작하게 엎드려 있었다
보름이 더 지나자 그을린 듯한 흔적마저 보이지 않았다
누군가 치워버린 것일까(처음 버린…… 청소부……
아니면 내 마음이……)

모든 것이 결국 그럴 것이라는 예언처럼
쥐도 새도 모르게 사라진 쥐

깨진 시멘트 흙먼지의 땅이 늪처럼 모래 수렁처럼
쥐를 매장했다? 삼켜버렸다? 쥐가 스스로 두더지처럼?
여자들의 비명도 사라지고 썩지 않았을 이빨마저 보이지 않는다

아마도, 언. 젠. 가. 는. 우리도
우리의 상처에 대해 서로 용서할 수밖에 없을지도 몰라
사라진 부패의 흔적. 증오도 혐오도 사라졌다
모든 것은 그대로 남았으며, 아무것도 사라진 것이 없는 것처럼
사람들은 다시 아파트 뒷길을 무심히 걸어갔지만
마음엔 비석이 하나씩 세워지고 있겠지.

저울의 힘

저울이 버려져 있다
무게만큼의 숫자가 나오는 부분이 떨어져나간 채
수평을 잃은 발판에 조금씩 녹이 자라고 있다
더이상 무게를 말하지 못하는 저울
자신 위에 놓인 질문들에게 답을 주었을 저울
저울이 정의 내린 숫자들이 세상에서 힘을 가졌을 때
그 힘으로 저울이 저울다울 수 있었을 때
그렇게 아름다웠던 저울은 지금
아파트 뒷길에서 하늘을 재며 녹슬고 있다

나는 가만히 버려진 저울 위에 올라가 앉아본다
무게로부터 자유로워진 세상에 앉아본다.

아침에 떠나다

집,
엔 여자가 있다. 여자에겐 남자가 있다. 밥을 푸면서 여자는
꾹꾹 눌러 담는다, 지나간 연애를. 순간
여자는 오늘을 인내하고 있을 것이다. 거부할 수 없는 내일이 지긋지긋해
소리치지 못한 밥상, 탁— 내려진다
오늘은 그냥 자자 제발
남자,
에겐 집이 있다. 일상이 지켜주는 집,
엔 여자가 있다. 남자는 여자를 위해 집을 떠났다, 돌아오다,
지루하게 혹은 빠르게 늙어간다. 당신은 왜 내게 말을 안 해?
저항하지 못하는 아침, 남자는 익숙한 몇 마디를 남기고 집을 떠난다
아무것도 길들여지지 않아. 단지 익숙해질 뿐이야
습관은 더이상 언어가 아니야. 그거 알아 당신
직장,
빌딩 회전문으로 빨려들어가는 남자가 보는, 그를 보는 몇 개의 눈이 보는, 우린
어떤 관곈가? 안녕한 사실을 향해 인사하는, 살다보면
안녕하지 않은 것들은 떠났다. 보이지 않도록 꽉꽉 매장당했다. 단 한 번이라도 울며

떠나는 사람을 본 적 없다. 울기 전에 떠났고, 그래서 항상 남은 자들은 안녕했다

또한 버려진 자들은 남은 자들에게서 안녕했으며 보이지 않으므로 계속 안녕할 것이다

과거,

로부터 전화를 통해 밀려오는 안부

내가 당신을 매장하고자 한다는, 당신도 나를 매장해 달라는 부고장 같은

내일, 견고하지 못한 우리의 관계를 위해 잔이 깨지지 않도록 건배

당신,

을 위해 외식하기로 했어, 나갈까. 당신은 항상 나를 따라왔었지

항상은 아니야. 때로 당신 뒤에서 당신을 버린 적도 있었어. 그래 무어라도 상관없어

오늘은 당신의 연애를 눌러 담지 않아도 되잖아. 천천히 즐기는 거야. 차려주는

연애를 즐기기만 하는 거야. 우리 앞으로 얼마나 더 살 수 있을까?

여자,

는 남자의 밥공기를 씻는다. 밥이 떠난 자리를 깨끗이 씻어놓으면

어김없이 저녁이 왔으므로. 밥공기를 비우고 떠난 남자가 돌아올 때까지

연애는 비어 있을 것이므로. 난 처음부터 당신의 여자였어. 한 번도 떠난 적이 없잖아

남자는 여자 앞에 하루만큼의 상처를 꺼내놓는다. 여자는 연고처럼 남자를 감싼다

곧 나을 거야, 밤사이 새살이 돋을 거야.

당신과 나, 서로가 서로에게서 완전히 떠날 때까지 우린 살아 있을 거야.

그렇게 오래된 밤이 습관처럼 그들을 따라 눕는다.

최후의 만찬

빌딩 구석 자판기 앞에 모여 담배를 피운다
연기처럼 빠져나가는 마음을 잠그러
몇몇은 벌써 책상으로 돌아갔다
R은 두 딸을 위해 좀더 나은 곳으로 옮긴다고 했다
환풍구로 쓰이는 창밖으로
초겨울 구름이 방목되어 있다
겹쳐진 구름은 검게 그을려 있다
부딪힌 구름은 비가 되기도 할 것이다
구름 아래로 차들이 순한 양처럼 몰려다니고
눈이 올지도 모른다고 누군가 말했다
아무도 되받지 않은 말이 쓸쓸히 사라진다
아무래도 너무 오래 속아왔어
눈은 내리지 않을 거야
아무도 대꾸하지 않는다
커피잔을 쓰레기통에 던지며 하나둘 자리를 뜨고
휴게실을 떠돌던 담배 연기가 창밖으로 빨려나간다
R은 다시 담배를 물었다
그때 나는 쥐고 있던 종이컵을 무심코 꾹 눌렀다
너무 쉽게 구겨지는군
불을 붙이며 R이 말했다
파란 플라스틱 쓰레기통에 구겨진 종이컵을 던진다
비명을 지르는군, 종이 주제에 말이야
마감 시간이군……
R은 덜 피운 담배를 남은 커피에 담근다

치이이이— 비명을 지르며 R이 책상으로 돌아가고
눈은 아직 내리지 않는다.

사북에서

먼지바람이 훅 불어왔다
여자는 문을 열다 말고 기침을 한다
기침 소리가 길 건너편까지 비틀거리며 걸어왔다
도시의 공기가 마음에 들지 않는다는 듯, 그는
담배를 꺼내다 말고 코를 만진다
……너무 낡아 있군……
라이터가 불을 쏘아올린다
담배에 불을 붙인 불꽃이 라이터 속으로 사라진다
질척이는 골목을 걸어나오느라 신발이 젖어 있다
사내는 발아래 기울어진 도시를 바라본다
가파른 산을 오르며 도시를 떠나는 자동차들
검은 매연이 뿜어져나온다
이 도시를 떠나는 것들은 왜 검은 흔적을 남겨놓을까
사내는 다시 고개를 돌려 도시를 내려다본다
담배 연기가 찢어지듯 하늘에 섞인다
……그렇게 먼 과거는 아니었지……
여자는 낡은 베니어 문을 드르륵 닫는다
사내는 생각한다, 저렇게 닫아버렸어야 좋았을 것들을
잿빛 슬레이트 지붕을 쓸고 온 바람이
사내의 머리카락을 헝클어뜨리고 지나간다
삭아내린 폐가의 파편이 부랑자처럼 도시를 떠돌고
……여기서는 죽을 수조차 없다니……
사내의 손가락이 담배를 튕겨올린다
조명탄처럼 도시로 떨어지는 담배, 사내는

다시 코를 만지며 길바닥에 침을 뱉는다
둥글게 말리는 침에 먼지가 옮겨붙고
도시는 다시 먼지에 갇힌다
숨만 쉬어도 병이 되던 때가 있었다는 듯이
서는 곳마다 벼랑이던 때가 있었다는 듯이.

과일을 피우는 팔

우리가 보는 것이 우리가 믿어온 것과 다를 때
그곳에선 아무것도 자라지 못할 거라고 믿는다
그 믿음의 음지에서 꽃이 핀다면 그 꽃의 향기에 대하여
혹은 그 꽃의 헐떡임으로 빚어진 열매에 대하여
무슨 말을 할 수 있을까

태양에 익은 과일이 농장을 떠나
아파트 입구 리어카 좌판에 펼쳐지지만
지나다 향기에 이끌려 살 때까지
과일은 아직 익지 않는다

북새통 속에서 그는 과일을 판다
한쪽 손이 항상 주머니 속에 있지만
그 속이 비어 있는 사실을 모르는 사람은 없다
과일을 봉지에 담고 거스름돈을 건네주는
그의 남은 팔이
어떤 전쟁과 관계가 있다고
고백하지 않은 추측이 좌판에서 과일을 고르면
그제야 제 속의 맛을 스스로 익혀내듯
과일은 나무에서 방금 떨어진 싱싱한 열매가 된다

어느 날,
그의 빈 팔이 어쩌다 주머니 속에서 빠졌을 때
황급히 빈 소매를 다시 집어넣는 남은 팔

텅 빈 옷소매 와르르 쏟아져내리는 그것은
남국의 더운 공기는 아니었을까
거기 두고 온 청춘은 아니었을까.

퇴근길은 서점을 지난다

운이 나를 비껴갔다고 노을 등진 가로수가 말했다
한 번도 뜻대로 피어본 적이 없었다고
화분에 향기를 묶인 꽃, 잎을 흔들며 바람을 붙잡는다

퇴근길, 나는 나무에게 묻는다. 얼마 동안 거기서 쓸쓸했는가
뿌리를 털며 몸을 붙잡는 땅을 박차고 나와
처음 그 나라로 돌아가고 싶지 않은가
그러나 질문은 항상 몸속에 박혀 나오지 못했고
그때마다 때묻은 길들이 신발 밑을 지나갔다
서점으로 들어가는 오래된 습관에게 나무가 되물었다
넌 지금 어디로 가는 것이냐

진열대에 누워 있는 변명들을 나는 또 얼마나 많이 읽었던가
늦도록 집으로 돌아가지 못하는 사람들의 구두처럼
자꾸만 누추해지려는 미래를 위해 얼마나 많은 구실의 책을 읽었던가

한 권의 변명과
한 권의 위로와
한 권의 쓸쓸함

보다 만 책갈피를 접듯 오늘을 굽히며 나는 집으로 접

힐 것이다
내일 반드시 펼쳐볼 것처럼……

언제쯤 나는 저 서적들의 침묵처럼 고요하게 저항할 수 있을까.

얼굴을 잊은 친구를 위하여

여행을 좋아했지만 난
결혼을 하며 집을 떠나는 일이 귀찮아졌다
낯선 도시의 외로움도
처음 만나는 풍경의 거친 눈빛도
길 위에 걸치는 배고픔도
끈질기게 달라붙는 방향감각도
혼자 앉은 식탁도
모르는 사람들의 불편한 눈빛도
더는 나를 불러내지 못했다

침대는 밤에 갇히는 감옥
저녁이 오면 집으로 돌아가려는 나를 나는
한동안 경멸했다
집은 밤을 가둔 감옥
스스로 감옥으로 걸어가는 나를 나는
한동안 용서하지 못했다

그러나 친구여
내가 어떻게 그대를 잊겠는가
길을 기억하는 낡은 구두와 낯선 공기로 가득한 지도를
필름이 남은 카메라와
비밀을 조금씩 담아놓은 배낭을 나는 아직 버리지 않았다네
바람이 창고의 먼지를 날려 오래된 지도를 펼치면

친구여, 난 그대가 내게로 남겨둔 길을 따라
바닥이 닳은 구두와 함께 떠날 것이네

그러나 친구여
아직은 창고를 열 수 없다네
가족의 가면을 쓰고 나타나는 밤을 나는 이길 수 없다네
저녁이 오면
허기진 얼굴로 몽유병자처럼 가족에게 돌아가려는 나를
아직은 이길 수 없다네

쓸쓸한 밤이 찾아와 어디 낯선 길 오래된 여인숙에 홀로 들거든
친구여, 나를 기억해주게
그대 옆자리 빈 베개에 내 영혼이 따라와 있다는 것을.

숫자와 싸우다

비어버린 빌딩 속 밤사이 정전
점령할 대륙을 살피러 나온 말하는 컴퓨터
책상은 점령당했어. 변절한 문자들 욱, 쏟아질 것같이 매스꺼운, 특히
항전의 흔적이 없는 계산기, 달력, 일력, 전화기 위에 떡 버티고 누운 숫자
월급 숫자가 줄어든 것에 대해
저항을 포기한 몇몇이 모여 술을 마셨다. 술은 저항을 포기한 자의 식량
얼마 후 편지를 가장해 쳐들어온 카드 대금 결제 통지서
숫자는 희미하게 비웃고 있었어
아내마저 숫자의 편이 되어 공격한 그날. 잘못했어, 잘못했다구

문맹의 시절. 진달래 입 가득 분홍 꽃말 날리며 뛰노는 소년에게 길을 묻는 표준말. 되묻다 그냥 가는 표준말, 을 바라보던 열한 살 사투리

출근하자마자 결재판을 타고 덤벼드는 숫자. 숫자의 공격력은 갈수록 첨단화된다
역습을 위하여, 은밀히 양심을 판 숫자를 돈으로 바꾼다
양심이여 잠시 쉬고 있어라. 전쟁은 이긴 자를 위해 역사를 마련해두지 않았던가

넌 어려서부터 착했단다. 항상 착하게 살아야 하지. 꼭 서울로 가야겠니?

힘들면 아무 때고 내려오거라, 오거라, 오거라…… 어서 가거라. 뒤돌아보면 눈물 감추며 한참을 그렇게 서 있었던……힘들어요 할머니

가을이 왔어. 숫자들이 살찌기 시작했어. 붉은 날에도 혁명은 일어나지 않아. 공휴일마다 길에 버려지는 숫자들. 할머니. 어디 가세요. 나를 데려갈 숫자가 오고 있어. 따라가시면 안 돼요.

숫자는 모래 같은 거야. 결국 누구도 모두를 셀 수는 없어

할머니, 꽃부터 피운 봄 한나절 꽃상여 타고 가시는 할머니

얘야, 이제 싸우지 말아라. 상대를 봐. 이길 수 없잖아. 술이나 부어 잔 비었어. 그만 마셔 술값 모자라. 차비 좀 빌려줘. 표준어로 달려오는 마지막 전철, 앗, 결재판, 양탄자, 너무 취했어. 문 닫을 시간 넘었어요. 아니, 아직 문 닫을 시간이 아니야. 싸움은 끝난 게 아니라고. 이렇게 싱거운 게임이 아니었어. 다시 해, 다시 하자구

활활 타오르는 꽃상여. 모두 태우고 가시는. 할머니.
애야 아직도 싸우고 있니?

불쌍한 내 새끼 아무때나 내려오렴, 오렴, 오렴…… 싸움이 끝나면 갈게요.

그 사내

저편 유리창 밖에 선 저 사내는 누구인가
나와 같은 옷을 입고
건너편을 노려보는 저편 사내는 누구인가
이쪽보다는 조금 더 어둡고
이쪽보다는 조금 덜 선명한
저편에 서 있는 사내는 도대체 누구인가
왜 저기에
저토록 쓸쓸해 보이는 모습으로 서 있단 말인가
거긴 춥다고
거긴 위험하다고
이리로 건너오라고
이편 밝은 공간으로 들어오라고
부르고 불러도
지하철만 타면 만나는 그 사내
언제나 저편에 서 있기만 하는
나와 똑같이 생긴 그 사내.

유언

나는 지금 십이월의 플라타너스 아래 서서 비를 피하고 있다
조금 전 내가 내린 버스는 떠나고
붉은 신호등 아래 가는 비가 내린다

아내여, 나는 지금 숨이 가쁘다
나는 너무나 많은 도시의 나쁜 공기를 폐에서 정화시켰다
나의 허파는 도시의 신호등처럼 검은 먼지를 뒤집어써버렸다

아내여, 그러므로 나는 분명 타살이다
이 도시가, 지하철의 보이지 않는 먼지가, 버스의 매연과 금연 구역의 담배 연기가, 시도 때도 없는 황사가, 직장의 노예제도가, 그리고 도시를 떠나지 못하게 하는 나의 가난이 용의자들이다

아내여, 기억하라
나는 타살되었으므로 나는 보상되어야 한다는 것을. 당신과 우리의 딸과 또다시 태어날 한 아이를 위해 나는 반드시 타살이어야 한다는 것을. 타살만이 내가 받을 평생의 급여와 가족들이 살아갈 여비를 마련해줄 수 있다는 것을. 나는 이 시대 산업재해로 죽어간 산업 역군이므로 아내여, 적들에게 회유되거나 설득되지 말아야 한다.

그들은 집요하게 나의 죽음을 자연사로 포장하려 들 것이므로

아내여, 나 이제 천천히 신호등의 먼지를 씻어내리는 비를 맞으며
파란불 켜진 횡단보도를 건너려 하네
이 비에도 씻기지 않는 나의 폐는
내 속에 오염된 외로운 섬이었다는 것을 기억하며
하얀 줄무늬가 점점 커지는 도시의 횡단보도 속으로 나 이제 천천히 사라지네.

사랑에게 보내는 부고

우리 처음 만났을 때
이별의 별도 우리를 향해 빛을 보냈고
오늘 이 언덕으로 그 별빛 내린다 해도
슬프지 않을 수 있을까
네 눈동자에서
네 숨결에서 돌아설 수 있을까
산다는 것에 대해 일생을 생각한들
네 손을 놓아야 하는 이 언덕
내리는 저 별빛을
웃으며 바라볼 수 있을까

사람이 사람을 만난다는 것
만나 사랑한다는 것
기쁨의 날과
설렘의 날과
손끝의 스침과
달콤한 눈빛과
그 모든 행복의 단어를 한 사람에게서 얻는다는 것
그 모두를 기억하는 네 눈동자에서 내 눈을 떼고
그 모두를 기억하는 네 손에서 내 손을 떼고
이별의 빛이 출발한 그 별로 나는 떠날 수 있을까

이렇게 너를 사랑한 기억은 이 언덕 별빛으로 남아
우리 지나온 그 하루하루로 불어가기를

우리 살았던 흔적마저 지워지더라도
우리 살아 사랑했던 기억은 사라지지 말고
우리 살아 애잔했던 눈빛은 사라지지 말고
저 별 저 언덕으로 불어가기를

너에게 부고를 보낸다, 사랑이여
너를 만나 내 별은 행복하였다고
너에게 별빛을 보낸다, 사랑이여
너를 만나 영원 속에 살았다고.

월요일은 슬프다

나는 이렇게 생각한다
오전 열시 이십칠분의 햇살은 오전만큼의 기울어진 그림자를 만들고
내 그림자도 그 기울기로 천천히 기울다 어느 기울기에서 사라지면
그때야 나는 집으로 되돌아갈 수 있다고
그런 나는 화장실에 앉아 오늘이 월요일이란 사실에 놀라며
내가 앉아 있는 이곳에서 내 생은 짧게 혹은 느리게
그러나 내가 원하지 않는 방향으로
내가 꿈꾸지 않은 모습으로 쉴 새 없이 진행하고 있는 것인데
어떤 저항도 소용없는 이 지독한 시간의 레일 위를 달려
지하철에서 쏟아져나와 다시 되돌아갈 길을 걸어오지 않았던가
지독히 짧은 하루 동안의 휴식에도 나는 일주일만큼의 자유를 느끼려 했던 것일까
일주일을 보상받으려 내 휴식은 그렇게 발버둥쳤던 것일까
그렇다면 내 생의 월요일은 내 생의 일요일만큼의 숫자로
일요일의 자유를 무참히 부수는 그 모진 역할을 해내고 있는 것인데
같은 숫자의 자유로도 나는 월요일의 슬픔을 이기지

못하고
또, 오늘이 월요일이란 사실에, 나는
지난날 애인을 잊듯, 싱싱했던 그 연애를 잊듯, 매정하던 결별을 잊듯
그렇게 일요일을 까마득히 잊어버리고
다시 월요일에 감금되어 슬픈 현재를 감내하고 있는 것인데
그래도 나는 생각한다, 내 일생이 이렇듯 일요일에 마약처럼 취했다가
손을 부들부들 떨며 약을 구하기 위해 월요일에게 손을 내밀어
가련한 얼굴로 또한 며칠을 버티게 되더라도, 일요일은 내게 위대하였다고.

3부 꿈꾸는 쟁기

문상 가는 길

길이 없어지지 않는다
차 소리에 놀란 산이 눈을 떴다 감고
끊어질 것 같은 산길
어둠이 길을 조금씩 토해놓는다

멈춰 선 한 사람의 시간을 찾아가는 길
언젠가 우리 앞에 멈춰 설 시간이
저 울음, 통곡 속에 약속처럼
째깍거린다

우리를 부른 그 사람의 한 시절이
삶이, 액자 속에
검은 리본에 묶여 우리를 본다

죽음 앞에 바쳐지는 산 자의 시간
산 자를 불러모으는 죽음의 힘이여.

주택복권

고무줄에 묶인 복권 한 뭉치
고향 집 장롱 솜이불 속 깊숙이
거북 등짝 같은 검누런 고무줄을 꿰차고
어둠에 물들고 세월에 물들어
아직도 확인할 것이 남았냐고
구겨진 얼굴로 나를 쳐다보는 몇 조의 몇몇몇몇몇몇

칠십 몇 년도 몇 월 며칠 몇 회의 숫자와
뱅뱅 돌아가는 원판의 숫자
준비하시고…… 와, ……쏘세요! 사이
그 졸이는 가슴의 빈칸으로 날아가 꽂혔을 무정한 화살, 화살들
아버지는 그 화살 구멍에 얼마나 많은 동굴을 만들었을까
그리고 또 얼마나 오랫동안
동굴 속에 어머니와 우리를 품고 계셨을까

장롱을 닫으며
다시 어둠 속으로 돌아가는 장롱의 안쪽에
효력을 상실한 숫자들을 모아둔 아버지
과거 어떤 한 마음이
다시 그때의 어둠으로 돌아가는 장롱 속 그 동굴 안에
고스란히 보관되어 있었던 것처럼, 나는
끝내 버리지 못했던 지난날 아버지의 어떤 마음 안에

가만히 가만히 앉아보았다.

산촌의 밤

늦도록 신랑은 돌아오지 않았다
물감이 번지듯 어둠이
골짜기를 메우고, 나무와 풀을 메우고
개울과 비탈진 밭을 메우고
집 앞 서성대던 길마저 메우는데
부엉이 울음에도 어린 딸은 설핏설핏 잠을 설쳤다
사방 둘러봐도 마실도 못 갈 빈집들
바람이 간혹 문을 열다 삐거덕 들켜도
훔쳐갈 것 하나 없는 별만 밝은 산촌 외딴집
방문을 열면 이 빛도 저 별에 닿을까
팔다 남은 신발을 신고
정선장 나간 신랑의 트럭은 지금쯤 고개를 넘고 있겠지
먼지를 털며 일어나는 황톳길
돌만 앙상한 개울을 건너 달도 없는 휘청휘청한 길로
구겨진 천 원짜리처럼 돌아오고 있겠지
아이의 숨소리, 산을 성성 넘는 바람
하루종일 심심하던 아이의 꿈속에도
아빠의 낡은 자동차는 돌아오고 있겠지
별빛 흩어진 빈 길을 달려
옛집 가듯
옛집 가듯
어둠의 틈을 열며 달려오고 있겠지

가뭄

노인은 몇 바퀴째 밭을 돌고 있었다
걸음마다 황토 먼지 날아올라 햇빛에 느릿하게 부풀어 오른다
목을 텁텁하게 가로막는 오월
마른 혀에 먼지가 앉는다
먹어도 삼켜지지 않는 늦봄이
목에 걸린다
노인은 담배를 꺼내다 주저앉는다

말라버린 땅에
오줌이라도 누고 싶은 마음으로 담배 연기가 들어간다
연기를 뿜으며 해를 올려보다
해에게 물기를 죄다 빨린 밭에 카악 침을 뱉는다
서로 먹으려고 달려드는 아이들처럼
흙먼지가 떨어진 침을 둥글게 에워싼다

산을 오르느라 기울어진 밭을 종일 맴돌던 노인이
못 미더운 걸음을 끌며 휘어져 집으로 돌아간다
생각할수록 방금 난 상처처럼 자꾸 피가 돋는 밭떼기
살점 한 점 없는 하늘
저 파란 하늘이라도 끌어다 뿌리고 싶은 노인이
탁탁 신발을 턴다
따라온 흙이 투덜투덜 떨어져나간다.

꿈꾸는 쟁기

쟁기는 녹슬어 몇 년을 세워져 있다.
소용없는 것도 한곳에 오래 있으면
함부로 버리지 못하는 힘을 가지는 것일까
철기시대 마지막 전사 같은 쟁기
고물장수도 오지 않는다
골동품을 닥치는 대로 사가던 그 사람도
저것은 가져가지 않았다
새벽 들길 나설 때부터 몸 누일 때까지
해가 다르게 늙어가시는 할아버지 곁에서
할아버지의 일생을 지켜보았다
명절이면 유물처럼
아이들의 호기심과 함께 사진을 찍고
소 없는 빈 외양간 흙벽에 낡은 흑백사진처럼 기대어
발아래 떨어지는 녹을 물끄러미 쳐다본다
할아버지의 젊은 팔이 쟁기를 끌던 그때
그 당당했던 세월은 이제
아이를 보는 할머니처럼
명예퇴직한 가장처럼
한쪽 귀퉁이를 얻어 살고 있을 뿐이다
그러나, 따스한 온기가 붉은 녹을 건드리는
봄날이 오면
가슴을 스치는 시퍼런 날을 세우고
다시 청춘을 돌려받은 무쇠로 태어나
황토 뒤집어 겨울 들판 갈아엎을 새날을 꿈꾸며

쟁기는 저렇게 가만히 녹슬고 있는지도 모른다.

안면도

섬은 섬이란 말속에서부터 섬이다
섬은 말속에 갇혀
그래서 아무리 외롭지 않다고 말해도
섬은 섬이어서 섬이다

읍내 식당에 읍장님이 자주 들르는 식당에
냉면으로 건너가는 점심에도
아무리 식당 아줌마와 주고받는 농담에 넘어가는 점심에도
섬은 섬이어서 섬이다

섬은 육지에 두 개의 다리를 걸치고 누워 있다
다리 아래 바다가 다리를 바라본다
섬은 바다가 단절이다
그 단절이 두려워 섬은 육지에 두 개의 다리를 놓았다
그래도 섬인 섬에 바다가 자꾸 부딪힌다

손님이 돌아간 식당
낡은 테레비에선 가요무대가 나오고
재방송으로 따라 부르는 노래
식당 밖까지 나오지만
섬은 아직 섬 속에 있다.

겨울날의 동화

놀자고 문밖에서 밤새 조른 친구처럼 하얗게 눈 내린 날은 쇠죽 끓이는 장작불 소리에 눈뜨고, 문 열면 눈 가득 덮쳐오는 눈, 밟을 자리 남겨두신 할아버지 낡은 고무신 바닥 무늬까지 투명한 아침. 끈 풀린 강아지 뛰노는 하얀 바다를 한 움큼 뭉쳐 던지면 바다에 풍덩 빠지는 작은 바다. 지금 내 마음이 그 바다를 다시 뭉칠 수 있을까, 밤새 눈 내리고 떨어지는 소리 마음에 쌓여 그 소리 가득 덮고 잠든 어린 날, 이제 추억 덮고 잠드는 다 커버린 겨울날.

우리가 찾던 모든 바람이 우리 안에서 자란 세월로 이루지 못했다면, 숲에 자란 나무를 보라. 잘리고도 살아남은 것들의 또다른 생명과 접선하는 소리. 죽은 듯 눈에 덮여도 바람으로 주고받는 속삭임, 생명은 매운바람에도 약속처럼 들리는 진리, 그 숲에서, 아프다면, 겨울을 지나는 숲, 나무, 바다에 던지는 작은 바다, 우리가 알고 있는 겨울날, 그 작은 동화를.

당신은

참꽃 울울히 피어오른 산허리에
지게 조용히 내려놓으시고
바라보는 들녘 초록빛 땅 위로
한숨도 내려놓으시고
주인 바뀐 세상 몇 번 넘었어도
주인다운 주인 만나지 못한 세월도
조용히 묻으시고, 이제,
말 듣지 않는 팔다리
지게에 얹어
훠이, 훠이
흙이 그리운 당신은
학처럼 넓은 날개
훠이훠이 저으며
날아가시겠지요.

아버지의 끈

태풍이 온다고
아버지는 고추밭으로 나가셨다
너무 많이 달아 지주목으로 받친 고추나무를
다시 끈으로 맨다
작은 바람과 먹구름에도
고추나무는 몸을 흔든다
흔들릴수록 아버지의 끈엔 힘이 들어간다
좀더 꽉 매어달라고
바람보다 더 크게 움직이는 고추나무
제 무게를 이기지 못해 넘어진 놈은
끈으로 끌어올린다
부상병처럼 일어나는 고추나무
일을 마친 아버지의 불안한 눈이
다시 고추밭으로 나간다
할 수만 있다면
온몸으로라도 태풍을 막아주고 싶을 것이다
내가 저 고추나무였을 때
아버지가 항상 내 앞에 계셨을 때
난 그것이 태풍인 줄 몰랐다
지금껏 나를 잡고 있던 것이
아버지의 끈일 줄 몰랐다.

초등학교 운동장에서

내 마음이 사진 속으로 걸어가고 있었네
길이 사라지고
길 끝에 운동장이 걸려 있네
무엇을 향해 왔는지
지나온 것들을 바라보면
오랫동안 저장할 수 없는 추억이 보이네
가장 가득한 순간에 지는 꽃처럼
내 기억도 져야 하네

플라타너스 잎 사이로 내리는 햇살을 맞으며 어린 시절이 서 있네. 나무를 올려다보며 눈부신 햇살 몇 개를 추억 속에 인화시켰네. 기억하는 건 넓은 잎보다 그 사이사이 부서지던 빛. 빛이 조각나는 플라타너스 아래로 걸어왔네. 시간은 나만 키우고 나무와 햇살은 그 자리에 두었네. 남겨두었네. 오래된 사진으로 간직하고 있었네.

마지막 집

이 길 끝에 집이 하나 있었으면 좋겠네. 집을 떠날 때 밝은 아침이면 좋듯 돌아갈 땐 아주 어두운 밤이라도 좋지. 창 밝힌 집, 밤공기에 숨어, 숨은 냄새에도 추억은 있지. 이제 집에 닿아 불빛 환한 방문을 열면, 거기 지나버린 시간이 고스란히 기다리고 있다면, 그렇다면, 흙 마르는 냄새 불빛보다 먼저 나오고 사람들의 웃는 얼굴이 그때처럼 나를 본다면, 그렇다면, 익숙한 높이로 몸을 낮춰 방으로 들어가 늘 앉던 자리, 하얗게 쌓인 시간 위에 앉아 떠난 사람들의 얼굴을 기억하겠지. 불을 끄면 별과 달빛으로 밝혀지는 방문, 세상은 다시 그때처럼 방을 향해 불을 밝히겠지.

시간이 흐른다는 것은 슬퍼도 슬프다고 말하지 않는 마음
안과 밖, 경계 사라진 한없이 넓은 마음에
그리움이라 해도 좋을 것들을 그 하나를 잃어버리고
혼자 돌아와 눕는 내 마지막 집이여
이 길 끝에 집이 있어 길이 끝나지 않았으면 좋겠네.

쉬운 죽음

그곳에서 그는 혼자 죽음을 맞았다
근처 가게에서
외상으로 적힌 인생을
낡은 장부에서 본다

얼마 전
어머니의 소리 없는 울음 앞에
깨운 지 한참 만에 눈뜨는 죽음
마음은 준비도 못한 채
얼굴색부터 검어진 죽음을 보았다

쉰 줄의 그를 기르던 외할머니는
죽어가는 그를 두고
병마를 이기지 못해 떠났다
떠나지 않는 것은 집
그는 집에 남은 마지막 추억

검게 타들어가는 몸에
날마다 술이 채워지고
집도 그와 함께 타들어갔다
몸에 붙어 있을 기억의 뿌리도
이젠 술과 함께 양분이 되어 썩어갈 것이다
술은 썩어가는 외로움을 지켜줄 친구
그는 평생을 사귄 친구와 함께 떠났다

한나절도 적시지 못한 장례객들의 눈물이 마르고
스스로 만든 고요 속에 가지런히 눕는 집
죽음은 사람과의 의식일 뿐, 집은
다시 술 취한 어둠이 되어 돌아올 그를 기다리고 있다.

맏상주

장이 서는 날 시장 귀퉁이 나무 의자에 앉혀 국수를 시키고 점심을 거른 채 아버지는 좌판으로 되돌아가셨다. 맏상주라고 얼굴을 쓰다듬는 국숫집 할머니에게 받은 구릿빛 동전처럼 어린 시절이 녹슬어가고

태어나면서부터 아버지를 따라다녔다. 마음에 흰 두건을 쓰고 장삼을 입고 지팡이를 끌며 언제일지 모를 마지막 길을 따라다녔다. 아버지의 뒷모습은 죽음을 향해 걸어가는 길. 앞질러 갈 수 없다. 스무 살이 되도록 길옆에 핀 들국화처럼 하얗게 흔들흔들 자랐다.

아버지에게 나는 죽음의 준비. 하얗게 세어가는 머리칼에 곱게 세월이 접히고, 주름마다 말갛게 갈린 근심을 묻고 나를 향해 영원히 돌아누우실 것이다. 파인 세월마다 흙이 채워져 감은 눈은 그제야 영원히 나를 볼 것이다.

뜨거운 숨 내쉬며 끌고 가는 리어카는 아버지의 상여, 를 울지도 않고 따라가는 상주, 앞에 둥실 떠오르는 달, 속으로 걸어가는 아버지. 눈물 없이도 슬픈 것이 있어 뒤따르며 아버지가 흘린 달빛을 세월을 받아먹으며 나도 그림자를 끌며 걸어가고, 가도 가도 길은 달빛에 젖기만 하고.

늙지 않는 강아지

초등학교 들어가기 전
기르던 개를 잃어버린 적이 있었다
그냥 자랐어도 벌써 죽었을 강아지
아직 내 속에 산다
눈망울 하나 늙지 않는다
아직 어릴 적 그 강아지로 산다

한밤 갑자기 열이 오른 나를 업은
어머니를 따라 산길을 왔다는데
지금까지 돌아오지 않는다
이웃 마을 어미 개에게도 가지 않았다
그때부터 내 마음에 살기 시작한 강아지

그날 밤 어둔 산길
어머니 가쁜 숨소리 가슴 뛰는 소리
등 가득 맺힌 땀냄새 흔들리던 별빛
가물거리던 의식 속으로
그렇게 가버린 강아지

그 강아지 내 속에 산다
나는 늙어도 그 강아지 늙지 않는다.

어린 시절
—어머니의 얼굴

리어카로 오일장을 다니는 부모님, 그런 나는 어린 시절을 할머니댁에서 보냈다. 산기를 참으며 어머니는 그 먼 산길을 걸어오셨고, 동지 팥죽이 끓기 시작할 때부터 나는 할머니 손에서 자라기 시작했다. 간혹 장날을 택해 부모님과 만나는 날, 할머니는 나를 데리고 먼먼 산길을 업기도, 걷게도 하며 약목장까지 가셨다

장터에선 언제나 천막집 낮은 나무 의자에 앉아 국수를 먹었다. 물건값을 흥정하고 셈을 하느라 나를 제대로 품에 넣어보지 못한 젊은 어머니를 뒤로하고 다시 집으로 돌아오는 길. 마르며 땅속으로 꺼지는 소똥 위로 이름 모를 풀이 무성하게 돋아 있는 작은 도랑길. 길을 비켜주느라 옹기종기 몸을 맞댄 작달막한 산의 하늘선은 할머니 눈꼬리처럼 고왔다. 비탈을 타고 오르며 구불구불 이어지다가 몇 개의 보살피지 않은 무덤들을 끼고 돌아 다시 바위틈을 지나는 산길. 그땐 몰랐던 슬픈 노을길.

길옆으로 올망졸망 작은 마을이 두엇 있었고, 할머니는 마을마다 쉬어가셨다. 거기 사는 친구들을 만나 마루에 앉아 우물물을 드시기도 하며 사는 얘기를 나누셨다. 그동안 나는 마당에 매여 있는 강아지나 코뚜레 없는 송아지와 놀았다. 어느덧 해가 뉘엿뉘엿 넘어갈 즈음 마을이 한눈에 내려다보이는 언덕에 이르렀다. 할머니 앞에서 뒤로 뒤에서 앞으로 깡총거리던 나는, 마을이 보이기

시작하면 언제나 집까지 쉬지 않고 뛰어내려갔다. 돌부리에 걸려 옷이 찢기고 넘어져 무릎과 손바닥에 피가 나도 달리기를 멈추지 않았다.

나는 달린다. 마당에 놀던 강아지 뛰어나온다. 한 짐 푸른 풀 등에 진 할아버지 나를 보며 뛰지 마라 소리치신다. 집이 흔들린다. 점점 커진다. 쇠죽 끓이는 굴뚝 연기 모과나무에 걸려 있다. 마른나무 타는 냄새도 걸려 있다. 집에 다 왔다 집에 다 왔다 속으로 소리친다. 마루에 앉아 가쁜 숨 내쉬면 아직 언덕을 내려오시는 할머니. 쉴 새 없이 강아지 꼬리를 흔들고 할아버지 푸른 풀 한 지게 마당에 쏟아부으신다.

저녁 먹고 멍석에 누우면 하늘엔 먼길 달려온 별빛이 가득했고, 도무지 어머니 얼굴이 떠오르지 않았다.

안개의 마을

—문의면에서

감나무가 사는 집이 있다
나무엔 더이상 열매가 열리지 않는다
길옆 신발 가게 비닐에 싸인 고무신 몇 켤레가
문 앞에 쪼그리고 앉아 지나가는 차를 구경한다
하루에 몇 명이 드나들까 싶은 우체국
앞에 우체통이 있다
우체통은 하루에 두 번 열린다
그 속에 하얗게 누워 있는 소식들
우체부는 편지를 꺼내 안으로 들어간다
새벽안개들은 마을 구석구석에 웅크리고 있다
어른들이 연신 헛기침을 하지만
안개는 좀처럼 일어서질 않는다
그래도 어른들은 나무라지 않는다
안개는 마을에 뿌리를 내린 이방인
해가 나면 몸을 털며 강으로 간다
안개가 가고 나면 마을은 그제야
물위로 올라온다.

부여

절벽 아래 절이 걸려 있다.
뛰어내리다 걸린 꽃
고란사는 법당 하나와 작은 종각이 절의 전부다
수면 위로 미끌어지듯 퍼져갔을 종소리가
오랫동안 매달려 있었을까
종을 움켜쥔 나무가 여위었다
법당과 종각 앞에서 사람들이
사진을 찍는다.
주례처럼 서 있는 절
술냄새 풍기는 사내들은 절 그림이 그려진
수건 한 장의 추억을 가방에 구겨넣는다
배를 타고 떠나는 사내들
고란사가 물밑에 있는 것은 모른 채
확성기로 백마강 노래를 부른다
깃발이 날리는 배를 타고 그렇게 떠난다
물밑을 기억하기 위해
물위에 점 하나 찍어놓은 고란사로
물밑 종소리가 올라온다
바람이 심하게 불면
절은 다시 물밑으로 가버릴지도 모른다.

어린 시절

—춘자 고모

한밤중에 도망나간 막내고모 춘자고모
감아치는 비단솜씨 달그락닥 달그락닥
우리마을 큰처녀들 춘자고모 비단솜씨
달그락닥 달그락닥 하루종일 못따라가

춘자 고모, 세월이 참 많이도 흘렀지요
난 당신이 보이지 않던 그날 아침
까치 울던 빈 마당을 선명히 기억합니다
기다리면 올 것 같아
꼭 올 것 같아
하루종일 동구길만 바라보던
산 아래 미루나무 소슬한 바람도
아직 기억합니다

그때부터 내 마음에
홀치기 비단 폭 촘촘히 점으로 박힌 당신
어디선가 농사짓는 사내와 딸 하나 낳고 산다는
소문만 찾아오던 소문 같던 춘자 고모
구성지게 넘어가던 남진 나훈아
그 노래 혼자 부르며
날자고, 날아서 어디 사는지 가보자고
학처럼 생긴 비단 틀을 타며
심심한 날
혼자 놀기도 참 많이 놀았습니다

오늘 갑자기
꼭 그날 같은 아침이어서
젊은 날 춘자 고모 눈매 같은 햇살이어서
그 투명한 햇살에
살아온 세월 속살까지 다 보이는 것만 같아서
출근길, 걷다 말고 서서
서울살이 내 소문
그쪽 하늘로 띄우고 싶은 그런 날이어서.

어린 시절

—복숭아 서리

초옥촉 이슬이 감겨오는 산길
과수원은 멀어
우리는 어딘가 있을 이름 모를 나라의
눈이 예쁜 여자아이를 떠올렸다
달빛도 없이, 뒤따르던 아이가 보았을
내 작은 등
푸른 복숭아털을 닦아내며
우리는 색깔도 모르는 먼 더운 나라의
달콤한 과일을 떠올렸다
몸을 파고드는
보드라운 가시털과 별빛들

너는 너대로 가거라
아직도 따라오는 아이야
이제는 네 길로 가거라
어두운 밤, 배고팠던 아이야.

말의 무덤

재취로 시집온 그녀는 늙은 신랑이 죽는 날까지 말을 하지 않았다. 사람들은 그녀가 벙어리인 줄 알았지만 신랑이 죽고 난 후 그녀의 입에서 팥알처럼 쏟아지는 말을 보았다. 말은 지나온 시간을 덮고도 남을 만큼 많았지만 그녀는 말을 쉬지 않았다. 그 말은 죽은 신랑이 살아서 그녀에게 했던 말을 되뇌는 것이 전부였다. 그녀가 늙은 신랑으로부터 얻은 자식들은 그녀의 말을 피해 다녔고 결혼과 함께 그녀 곁을 하나둘 떠나버렸지만, 그녀는 늙은 신랑이 살던 사랑방이 허물어질 때까지 구부러진 기둥에 목숨을 붙들어맨 듯 그곳을 떠나지 않았다. 흙벽의 붉은 기운이 조금씩 허물어지는 흐린 오후, 그녀의 말은 그녀의 입속에서 조금씩 흘러나오며 사랑방의 쇠락을 지켜보고 있었다. 사람들의 눈이 두려운 자식들은 그녀를 데리고 떠났다. 마당엔 잡초가 자라고 그녀의 눈을 벗어난 집은 빠르게 낡아갔다. 사랑방이 완전히 허물어질 쯤 한 뼘 더 구부러진 그녀가 돌아왔다. 잡초 사이 신발만한 길이 새로 나고 그녀의 말이 다시 사랑방 주위를 맴돌기 시작했지만, 얼마 지나지 않아 그녀는 세상을 떠나 집이 내려다보이는 언덕에 묻혔다. 집엔 다시 잡초가 자라고 사랑방은 흔적만 남았다. 그녀가 쓰던 그릇들이 잡초 사이에 버려지고 그녀는 무덤 속에 버려졌다. 무덤은 고요하다. 고요는 그녀가 남긴 마지막 말. 그녀는 영원히 말을 멈추었지만 집은 그녀의 무덤 앞에서 계속 허물어지고 있었다.

4부 상처는 둥글게 아문다

이별

아, 홀가분하지 않아. 내 말이 왜 그다지 날을 세우고 그에게 날아갔을까. 주저앉는 그의 어깨 너머 내가 던진 말의 파편이 반짝거린다. 한 번만 더 말을 건네면 눈물을 떨굴 것처럼 물기 가득한 눈에 하늘이 들어간다. 내 말이 왜 그다지 많은 물기를 가지고 있었을까. 언젠가 내 말이 그대의 눈 속에서 찬란히 무지개를 피운 적이 있었다. 그 빛의 가장자리에서 환하게 부서지던 내 마음이 그대 마음속에서 마음껏 산란하며 이리저리 빛의 속도로 그대를 두드린 적이 있었다. 부서진 빛의 조각까지도 그대 속에서 꽃의 씨앗이 된 적이 있었다. 그대 속에 내 마음이 아직 꽃으로 피어 내가 그대 속에 다시 씨앗으로 발아하는 것처럼, 그대 마음에 서 있는 산에 꽃이 피고, 그 꽃의 향기 바람을 타고 그대를 지나 그대의 향기가 되는 것이 그대가 산을 품고 있어서가 아닌 것처럼, 우리가 타인에게 등을 돌린 후에도 그 사람의 향기가 오랫동안 우리를 향해 불어올 때가 있는 것처럼.

비포장길

밤 동안
가을은 또 그렇게 익어갈 것이다
아직도 나를 흔드는 당신

임도를 따라 산길을 오른다
오를수록 깊어지는 길
바퀴가 자꾸 빠진다
상처가 밀리듯
뼈처럼 일어나는 자갈들
한 번도 오를 수 없었던 당신을
여기서야 느끼는 것은
당신으로부터의 상처만
내 상처만 어루만진 탓이다

나를 물들이느라
오랫동안 당신을 아프게 했던 것들
내 속에서 이제야 물든다
벗은 채 누워 있는 언덕길로 산그림자 내리고
어둠과 함께 오는 저녁달
당신을 지나느라 파인 길에
통증이 찍힌다
아물어 단단해진 추억들
그 하나를 집어 산 아래로 던진다
지난날 그 어디쯤에 부딪쳐

다시 마음에 박히는 당신.

이십대 마지막 아내

이십대 마지막 아내가 잠들어 있다
손을 뻗어 이십대 마지막 아내의 얼굴을 만진다
이십대 마지막 아내가 따뜻하다

이십대 마지막 아내는 아이를 갖고 있다
아이는 엄마의 마지막 이십대에 태어날 것이다
아내의 마지막 이십대는 분만의 고통에 바쳐질 것이다
아내의 이십대는 한 살짜리 아이와 함께 가버릴 것이다

이십대 마지막 아내의 볼이 붉다
붉어서 황홀하다
나의 황홀한 비애에도 아내는 눈을 뜨지 않는다
아내의 마지막 이십대는 늦잠처럼 느리게 갈 것이지만
일요일처럼 빨리 가버렸다고 생각할 것이다

이십대 마지막 아내의 잠든 얼굴에
햇살이 선을 긋는다
손을 뻗어 선의 골짜기를 쓸어내리면
지나간 연애가 만져질까
이십대 마지막 아내가 내 손을 걷어내고 돌아눕는다
내 이십대의 마지막도
그 누군가에게서 돌아누웠던 것처럼
일요일 아침,
이십대 마지막 아내의 잠이 느리게 간다.

오래된 편지

행복하다는 말
사실은 그렇지 않다는 말
네가 들어와 살면서
내 마음은
아침을 타고 내리는 가을 햇살이거나
창에서, 눈동자에서, 손등에서, 얼굴에서
반짝이는 모든 표정이거나
밤빛에 하얗게 터지는 벚꽃, 혹은
수면에 닿아서야 움직이는 별빛이거나

너 없이도 나는 고요한 듯 보여
내 마음에 네가 흐르지 않는 것 같으나
행복하다는 말, 사실은
어두운 골목 후회의 마디를 꺾으며 걸어가는
쓸쓸해진 저녁 같은 것이지
내 속을 흐르고 흘러
마음을 파내고 있다는 말이지.

우리가 그리워하는

병도 오래되면 친구가 된다는데, 오늘도 편지는 오지 않고 우체부만 지나가다니. 지나는 우체부 옆모습도 친구가 되어 그 사람 언제고 내 앞에서 하얀 웃음 날리며 편지 전해줄지도 모르는 일이야. 꽃이 지고 꽃그늘도 마르는데 사람 기다리는 일도 병이 되어 깊어가는데 꽃이 져도 소리가 없듯 이러다 어느 날 세상 떠날 때 한 번쯤 원망해도 좋을 사람이 있을까. 다시 세상에 산다면 그 기쁨 나누어도 아깝지 않을 사람의 가벼운 마음을 타고 마지막 소망처럼 날아갈 순 없을까. 창 너머 햇살이 거리에 놀던 시간을 데리고 산을 넘는데, 뒤돌아보며 산을 넘어가는 사람아, 내일 다시 볼 일인데 이렇게 아쉬울 수가.

상처는 둥글게 아문다

시월의 거리에 비가 내린다
땅이 둥글게 파인다
연한 땅은 깊이 파이고
파인 홈에 빗물이 고인다
고인 비 위로 또 비 떨어져 원을 그리며 퍼진다

그럴지도 모르지
설령 내가 당신을 마지막으로 만나던 그곳에서 당신이 했던 결별의 말이
폭격처럼 떨어지는 소나기여서
당신의 말에 내가 쑥대밭이 되어버렸을지라도
원래 아픈 것들이란 스스로 치유하는 방법을 알고 있지
둥글게 퍼져 통증이 분산되는 것을 알고 있지
그래서 상처도 가장 연한 흔적을 위해 둥글게 아무는 것이지

혹 남았을지 모를 미련도
미처 아물지 못한 상처도 끝내 둥글게 퍼지겠지
그 위로 또다른 상처가 내려도
통증은 둥글게 둥글게 그 자리 안에서 아물 뿐이겠지.

운주사 가는 길

세월이 거짓말처럼 흐를 것이다
햇살과 나는 춤을 추었다
아무렇지 않다는 듯
아무 일 없었다는 듯
봄이 왔다
목련과 함께 늙어가고 싶었으나
목련처럼 떨어지는 봄을 보았다
비가 내리면 길이 길을 떠난다
하얀 꽃잎으로 우산을 쓴 길이
처녀 적 어머니 뒷모습처럼 걸어간다
사람이 떠난 집은
누군가를 기다리는 자세로 쓰러지고
길은 오르막이었다가
하염없이 풍경을 쏟아내리는 언덕에 이르러
길은 다시 사람의 마을로 내려간다
땅을 나온 무덤들은 길을 바라보며 말이 없다
청춘의 끝에 이른 것처럼
길이 우산을 접고 뜨락에 앉는다

바위마다 들어찬 마음들
바위에 들어간 마음은 아무 말이 없다.

꽃밭에서

아름다운 것들은 일찍 떠난다
오늘도 어제의 길을 지나간다
창밖은 아침이었다가 늦은 오후가 되었다
아침에 핀 꽃 위로 오후의 구름이 드리워졌다
구름 떠난 자리에 꽃 떨어지고
빈 하늘과 꽃 사이로
딸아이가 걸어간다

내가 보는 저 풍경은
어느 먼 훗날 내 아픈 회한 속으로 찾아와
그때에 이르러 서러워질 것을
오늘
늦은 오후 햇살에 새기고 있는 것이다

너와 나는 어디서 와서
내일 져버릴 꽃밭에서 놀고 있는가
딸은 나비를 따라 뛰어가고
나는 딸을 따라 천천히 걸어간다

딸아, 꽃 속에 오래 있으면 안 된단다
추억은 그렇게 아름다워서는 안 된단다.

선물

아직은 봄이 아니지만
강남 차병원 분만대기실 창 너머
호기심 많은 아이처럼
이른봄 햇살이 놀고 있구나
네가 태어나는 동안
저렇게 봄이 오고 있었구나
봄은 혼자 가질 수 없듯
이제 너는
가질 수 없는 많은 것을 사랑하게 될 것이다
그렇게 네게 안기지 않는 것들을 떠나보내며
아름다운 포기를 알아갈 때
네 마음이 오늘 창밖에서 졸고 있는 봄처럼
잠시 뜨락에 앉았다 갈 한때를 얻을 것이다

병원 대기실로 내려
머리카락 사이 따스하게 스미는 햇살의 고운 손을
딸아, 너에게 선물한다
신생아실로 가는 동안
창으로 몰려와 네 얼굴을 신기한 듯 바라보던
봄 햇살들의 눈망울을
딸아, 너에게 선물한다.

그 푸른 대문 앞

내 나이 스물 나 그 푸른 대문 앞에 있었네
푸른 대문 앞으로 계절이 천천히 지나네
내 스무 살은 누군가를 기다리고 있었네
말을 전하지 못한 시절이었네
어느 저녁 나 별처럼 뜨기도 하고
별처럼 지기도 했었네
당신, 내가 건널 수 없는 마음이었네
당신을 기다리며 마음엔 상처가 늘어갔네
흉터가 자라기 시작했네
아물지 못하는 날이었네
그런 내게서 마음을 다친 한 사람
지친 그 사람 나를 떠났네, 내 상처 때문에
그 사람 위로할 수 없었네
미풍과 구름이 천천히 떠다니던
그 푸른 대문 앞을. 나는 잊지 못하네
녹이 뚝뚝 떨어지던 그 푸른 대문에 기대어
나 지금도 천천히 녹슬어가네
내 사랑이 모두 물들도록 그 사람 오지 않고
오래된 사진처럼 가을이 지나가네.

소나기

산 아래로 길이 내려온다
눈동자에 길 새겨진다
휘어져 어깨에 감긴다
눈을 감아 길을 끊는다
아주 잠시, 그리고
작게 네 이름을 부른다
그 이름 쓸쓸함에
젖는다

너를 부정한 만큼 나는 아팠다
생각을 지우려
엉뚱한 추억의 담장들을 넘어다녔다
그때마다
송글송글 네 얼굴 솟아나
물든 나뭇잎처럼 떨어졌다
그렇게 너를 지우고 간 이별처럼
꽃을 지우며 가을이 가고
사랑한다며
팔을 툭 치고 달아나는 소녀처럼
네 마음에도 어디쯤 오래된 길 하나 뛰어가겠지

지난날 내 비겁함이
오늘은 종일 구름으로 글썽이다
때늦은 후회처럼 비 내린다

두둑두둑 산이 부러지고
길이 거칠게 튀어오른다
피할 수만 있다면 어디든 상관없다고
함부로 뛰어가는 신발에 꽃잎이 묻어왔다
가을이 끝나는 길, 네 마음에 묻은 내가
비를 피해 뛰어가고 있었다.

저녁이 오는 골목

그러니 나는 또 얼마나 많은 것들에게 사과해야 하는가

나는 늙어가고
인생은 결국 아무것도 아니었네
밤이 오면
오래된 골목에 가로등이 켜지고
집으로 돌아가는 사람들의 그림자를 끌어당기네
그림자 끝이 슬쩍 창을 지나네
그림자에 또박또박 저녁이 밟히네
인생에서 분명한 것은 시간뿐이었다고
약속을 어긴 적 없는 얼굴로
노을이 창을 물들이네
인생은 여전히 쓸쓸했지만
이제 나는 저녁의 그림자를 원망하지 않기로 했네
그들은 지친 발자국 소리를 내 창에 던지며 지나갔지만
내 저녁을 따각따각 끊으며 지나갔지만
단 한 번도 창을 두드리진 않았으므로
그들에게 내 창은
오늘도 바뀌지 않은 지루한 풍경일 뿐
여전히 바꾸지 못한 삶일 뿐
언제까지 보아야 할지 모르는 지독한 운명일 뿐이어서
가끔 침을 뱉으며 골목을 지나갔을 뿐이므로

그러니 나는 또 얼마나 많은 것들을 원망해야 하는가

오늘도 그들이 내 저녁을 데리고 가버리네
지친 밤이 내 창에 기대네
거친 시멘트 벽에 때묻은 옷을 비비며
음지에 놓인 화초처럼 밤이 말라가네

그러니 나는 또 얼마나 많은 것들을 그리워해야 하는가

지친 어깨에 얹힌 어둠은 그 누구도 털어낼 수 없다네
간혹, 어쩌다 좋은 운이 찾아온다면
잊지 못한 것들을 찾아 길을 나서야 한다네
창을 지키던 나를 빈방에 남겨두고
오랫동안 나를 가두고 있던 저녁도 골목에 남겨두고.

드라마처럼

젊은 날엔 우연이 많아서
우리가 그때 그렇게 만난 것
그것까지 우연이라면, 사랑이여
우리에게 아직 드라마 같은 우연이 남아 있을까

우리가 늙고 그런 저녁
TV 드라마에선 우연처럼 사랑이 계속될 것이지만
지난날 우리의 연애는 거기 밤늦은 골목
서툰 키스처럼 남아 있을까
거실에 앉아 드라마를 보며
아직 남았을지도 모를 우연을 기다리듯
감추었다 슬쩍 꺼내보는
사랑이여, 그렇게 다시 한번 올 수 있을까

젊은 날엔 우연이 많아서
잃어버린 사랑을 덜컥 만나기도 하지만
마음속 골목을 떠나지 못하는 사람은 알지
약속 없이 누군가를 기다려본 사람은 알지
드라마처럼 이젠 당신을 만날 수 없다는 것을
사랑은 그렇게 우연히 시작되지 않는다는 것을.

구부러진 못

정신 바짝 차리며 살라고
못이 구부러진다, 구부러지면서
못은 그만 수직의 힘을 버린다
왜 딴생각하며 살았냐고
원망하듯 못이 구부러진다
나는 어디쯤에서 구부러졌을까
살아보자고 세상에 박힌다
다들 어디쯤에서 구부러졌을까
망치를 들려 구부러진 못을 편다
여기서 그만두고 싶다고
일어서지 않으려 고개를 들지 않는 못
아니다, 아니다, 그래도 살아봐야 하지 않겠느냐고
살다보면
한 번쯤은 정신을 놓을 때도 있지 않겠느냐고
겨우 일으켜 세운 못대가리를 다시 내려친다
그래, 삶은 잘못 때린 불꽃처럼
짧구나, 너무 짧구나
가까스로 세상을 붙들고
잘못 때리면 아직도 불꽃을 토해낼 것 같은
구부러져 녹슬어가는 못.

되돌아가는 시간

할머니는 천천히 돌아가고 계신다
올봄은 지난봄으로 가고
올 진달래도 지난봄으로 간다
마당에 핀 작은 목련도 지난해나 혹은
어느 먼 처녀 적 마을로 돌아간다
돌아가다 잠깐씩 어떤 날은 아주 오랫동안
가던 길을 아주 선명하게 밟으며 돌아오신다
돌아가기에 올봄이 너무 환했을까
돌아와 다시 가까운 과거부터 잃어버리고
먼 과거로 사뿐사뿐 걸어가신다
가시다 지금은 세상에 없는 사람들을 만나고
시집온 그날로 가마 타고 가신다
가시다 문득 돌아와
식구들의 얼굴을 들여다보신다
한 걸음씩
한 걸음씩
할머니는 그리운 어느 시절로 가고 계신다
고개 넘어 개울 건너
내가 없던 그때로 가고 계신다.

길

걷고 있던 길을 가만히 내려다봤다
떠받치는 일이 전부인 것처럼
엎드려 있는 것이 전부인 것처럼
길이 나를 바라본다
미안하다
사는 일이 무언가를 밟아야 하는 것이라면
그만 내려서고 싶다.

뜨락

이 지루한 날들이 어서 지나가길
소나기를 피하듯 나는
네 뜨락에서 잠시
이생을 피한다
이유도 모른 채 내게서 머문
한나절
비 그치길 기다리는
이 짧은 생.

현수막

찢어진 현수막이
쇠파이프 기둥에 묶여 있다.
흰색 나일론 로프가
둘둘 말린 현수막을 칭칭 감고 있다
구호를 품은 현수막
말을 묶인 현수막
바람이 불자
끄트머리 천을 맹렬하게 흔든다
제발 풀어달라고
할말이 있다고.

강

길옆으로 강이 흐르네 강 속엔 따라 흐르지 않는 풍경이 담겨 있네 걸어가도 빠지지 않을 것처럼 속을 감춘 강이 흐르네 저 강 건너야 하네 강은 몸을 숙이지 않지만 일으키지도 않네 깊어도 무섭지 않네 하늘로 뛰어들 순 없지만 하늘에 빠질 순 있네 강 속의 나무를 잡을 수 없지만 나무를 흔들 순 있네 강 옆으로 사람이 지나네 사람은 지나도 풍경은 지나지 않네 사람 속에 풍경이 담기진 않네 그 사람 걸어가도 풍경을 가려도 그 사람 풍경을 지우진 않네 그 사람 몰라도 무섭지 않네 그 사람 속으로 들어가도 그 사람 속에 빠져도 그 사람 잡을 순 없네 강 옆으로 길이 지나네 그 길로 사람이 흐르네 흐르는 그 사람 건너야 하네.

문학동네포에지 026

월요일은 슬프다

1판 1쇄 발행 2021년 7월 31일
1판 2쇄 발행 2021년 8월 13일

지은이—전남진
책임편집—유성원
편집—김민정 김필균 김동휘 송원경
표지 디자인—이기준 백지은
본문 디자인—이주영
마케팅—정민호 김도윤
홍보—김희숙 김상만 함유지 김현지 이소정 이미희 박지원
제작—강신은 김동욱 임현식
제작처—영신사

펴낸곳—(주)문학동네
펴낸이—염현숙
출판등록—1993년 10월 22일 제406-2003-000045호
주소—10881 경기도 파주시 회동길 210
전자우편—editor@munhak.com
대표전화—031-955-8888 / 팩스—031-955-8855
문의전화—031-955-3576(마케팅), 031-955-8865(편집)
문학동네카페—cafe.naver.com/mhdn
트위터—@munhakdongne
북클럽문학동네—bookclubmunhak.com

ISBN 978-89-546-8006-6 03810

www.munhak.com

문학동네